Por qué siempre nos encontramos dos veces

El principio del fin

Jessica Hintz

Estados Unidos
2024

Imprimir

Título del libro: Por qué siempre nos encontramos dos veces
Subtítulo del libro: El principio del fin
Autor: Jessica Hintz

Autor: Jessica Hintz
Contacto: boxingboy898337@gmail.com

CONTENIDO

El encuentro con las motos

Sierra:

Me estaba poniendo inquieto. La patrulla parecía una prisión en movimiento y estuve a punto de quedarme dormido. Era mi último día de mi pasantía de dos semanas en la policía y no pude evitar sentirme un poco melancólico al respecto. Pronto regresaría a casa con mis padres y mis dos hermanos menores. Tampoco podía olvidar a mi hermano de 18 años, siempre haciendo ruido en casa. Pese a esto, hubo una persona que me facilitó un poco la idea de irme: mi mejor amiga, Leyla. En ese momento me estaba quedando con mis abuelos. Mi tío y mi tía vivían cerca con sus cuatro hijos, y mi tío trabajaba en la policía, y así fue como conseguí esta pasantía en primer lugar.

Mientras caminábamos por la calle principal, me quedé mirando por la ventana, completamente aburrido. El paisaje parecía una mancha borrosa de casas, calles y una estación de tren. Lo mismo de siempre, lo mismo de siempre. Pero entonces, de repente, algo llamó mi atención. "¡Lo compraremos!" La voz de Lenni rompió la monotonía y levanté la cabeza sorprendida. Había un conductor de scooter acelerando por la calle. ¡Por fin algo que no fueran sólo casas!

Hicimos un giro brusco hacia un estacionamiento y le indicamos al conductor del scooter que se detuviera. "¡Licencia de conducir y documentos del vehículo, por favor!" Lenni gritó con su severa voz policial. El joven se burló, su voz áspera y llena de actitud, provocando que un escalofrío recorriera mi espalda. El acento sureño era marcado, pero había algo más en su tono que no pude identificar. Se quitó el casco y se me cortó el aliento. Por un momento, casi tropecé con mis propios pies mientras me acercaba a él.

Me recuperé rápidamente y me obligué a concentrarme. Era increíblemente atractivo, con cabello negro azabache, piel que insinuaba sus raíces sureñas y ojos que eran exactamente lo opuesto a lo que esperaba. En lugar del cálido marrón chocolate que esperaba, me encontré con unos penetrantes ojos azul hielo que parecían brillar con curiosidad y sorpresa. No podía tener más de 17 años, pero su forma de comportarse lo hacía parecer mucho más maduro. Con alrededor de seis pies de altura, su constitución musculosa dejaba claro que no era alguien con quien meterse. Y, sin embargo, allí estaba él, sonriéndome con una sonrisa descarada, casi traviesa, que mostraba unos dientes blancos y perfectos.

No pude evitar devolverle la sonrisa, igualando su expresión descarada. Miré su scooter y tuve que reprimir una sonrisa. Era obvio que su vehículo había sido modificado ampliamente; mi primo me había mostrado recientemente cómo se veía un scooter como este cuando estaba afinado al máximo. Golpeé el costado de su scooter y murmuré: "Bonito scooter".

Me lanzó una mirada que claramente decía: "No digas nada", pero el mensaje era demasiado claro como para pasarlo por alto. Levanté una ceja a cambio, desafiándolo en silencio a desafiarme. Sus ojos se movieron entre el scooter y yo, claramente inseguro de qué podría hacer a continuación. Se me ocurrió una idea: ¿debería denunciarlo? ¿Debería seguir las reglas o darle un respiro? Mi debate interno continuó, pero al final decidí que era mi "día social" y no sería yo quien arruinaría su diversión.

Su mirada seguía intensa, esperando mi decisión. Lo dejé cocerse por un momento antes de finalmente sacudir la cabeza y mostrarle una cálida sonrisa. El alivio lo invadió y casi pude ver la tensión evaporarse de sus hombros. Lenni, al notar el momento, gritó: "¿Está todo bien?"

No pude resistir el sarcasmo en mi voz cuando respondí: "¡Sí, todo es totalmente normal!". Lenni pareció creerlo, aunque el chico a mi lado todavía me miraba con recelo, probablemente preguntándose si estaba a punto de delatarlo.

Caminé alrededor del scooter y me tomé mi tiempo para examinarlo. De pie junto al niño, le dije lo suficientemente alto como para que me oyera: "Tienes suerte de que sea mi día social, o perderías tu licencia y tu scooter". Entonces, sé amable". Él me sonrió, con un brillo de diversión en sus ojos. "¿Cómo sabes que hay algún problema con mi scooter?"

No pude evitar sonreír dulcemente. "Bueno, digamos que he visto suficientes scooters mejorados como para reconocer uno cuando lo veo". Su expresión cambió, sorprendido e impresionado al mismo tiempo de que una chica como yo supiera tanto sobre scooters.

Regresé junto a Lenni y le dije: "¡Está todo bien!". esperando que no sospechara nada. Él asintió levemente y le devolvió los documentos al chico, quien los recogió con evidente alivio. Todavía me miraba con gratitud en sus ojos, aunque tuve que luchar para reprimir la risa.

Lenni se despidió del niño con la mano y se disculpó por detenerse, antes de regresar al auto. Me quedé allí, de repente sin saber qué decir. Normalmente, nunca me faltaban palabras, pero estar frente a este chico se sentía diferente. Me sonrió, el tipo de sonrisa que parecía iluminar incluso el cielo nublado y opaco. Sus ojos azules brillaron mientras hablaba: "Gracias. Gracias por no entregarme. Eso significa mucho para mí".

Parpadeé, sorprendida por su sinceridad. Sin pensarlo, solté: "Vaya, un macho italiano que sabe dar las gracias. ¡Nunca hubiera esperado eso! Él se rió entre dientes y pude ver la diversión bailando en sus ojos.

"Bueno, tal vez sea porque no soy sólo italiano", dijo, y su sonrisa se volvió más juguetona. "Te lo agradeceré de nuevo. Ojalá nos volvamos a encontrar algún día".

Dicho esto, se puso el casco, se subió a su scooter y aceleró, saludándome por última vez. Me quedé allí por un momento, sintiendo una extraña calidez extenderse a través de mí, como si su presencia hubiera dejado una huella en mi día.

Mientras regresaba a la patrulla, me deslicé en el asiento del pasajero, todavía un poco aturdida por el encuentro. No tenía idea de quién era ese chico, pero de alguna manera me sentía a gusto con él, algo que rara vez sentía con extraños. No podía esperar para contarle a Leyla sobre la experiencia.

La voz de Lenni me devolvió a la realidad. "Otra parada y, una vez más, nada interesante", dijo con un suspiro. Pero no pude evitar sonreír para mis adentros. Definitivamente habíamos encontrado algo hoy, aunque, por supuesto, Lenni no tenía idea.

Presente:
Me quedé completamente atónito. Nunca pensé que lo volvería a ver y, sin embargo, allí estaba, parado frente a nuestra clase, mirando a su alrededor con expresión aburrida. La conmoción me golpeó con fuerza y, por un momento, no podía creerlo. Todavía recordaba la primera vez que nos vimos como si hubiera sido ayer, aunque ya había pasado casi un año y medio. En aquel entonces, deseaba desesperadamente volver a verlo, pero eso nunca sucedió, a pesar de que mi mejor amiga Leyla y yo teníamos el plan perfecto para hacerlo realidad.

Leyla siempre había sido mi mejor amiga, mucho antes de que me mudara. De hecho, nos conocimos a través de mi prima. Ella había estado saliendo con él durante dos meses, pero las cosas no habían funcionado entre ellos. A partir de ese momento Leyla y yo nos volvimos inseparables. Éramos como almas gemelas, sabiendo siempre exactamente cómo se sentía el otro, incluso sin decir una palabra. Incluso ahora, podía sentir su mirada sobre mí, su mirada inquisitiva atravesando la conmoción en mi rostro. La miré, todavía con los ojos muy abiertos, y ella inmediatamente supo lo que estaba pensando. El chico que estaba parado frente a la clase era el mismo que tanto había deseado volver a ver después de ese primer encuentro.

Lo estudié de cerca, tratando de asimilar los cambios. Era diferente, pero igual en muchos sentidos. Su cabello negro seguía siendo tan hermoso como lo recordaba, aunque ahora colgaba salvajemente sobre su frente de una manera que era a la vez fría y rebelde. Parecía sencillo, casi como si perteneciera a alguien a quien no le importaban las reglas, alguien que prosperaba al límite. Pero también había algo en ello que lo hacía parecer distante, casi como si llevara una carga.

Sus ojos eran del mismo azul hielo penetrante que me había cautivado desde el principio. Pero ahora había algo más en ellos, algo más oscuro. Su rostro, una vez lleno de vida, ahora parecía casi en blanco, suprimiendo cualquier emoción. Y, sin embargo, en sus ojos podía ver leves rastros de dolor, sufrimiento e ira. El cambio en él era innegable. Alguna vez había irradiado felicidad y alegría, pero ahora, todo lo que podía sentir era una profunda y pesada tristeza.

¿Qué le había pasado? ¿Qué pudo haber causado un cambio tan drástico? Las personas no se transforman así sin más a menos que algo monumental las haya sacudido. Siempre había sido fuerte, pero ahora parecía aún más musculoso, si eso fuera posible. Su cuerpo parecía haber sido esculpido en piedra, y su rostro… bueno, era el tipo de rostro que pondría celoso incluso a Adonis. No se podía negar: ahora era peligroso. El aura que lo rodeaba era casi amenazadora, y no pude evitar pensar que si alguna vez tuviera que pelear, ganaría, sin hacer preguntas.

Lo miré fijamente, incapaz de apartar los ojos. Su expresión era ilegible, dura y casi arrogante. Ahora había una sensación de superioridad en él, un aire condescendiente que sugería que había pasado por mucho y había salido del otro lado con un resentimiento. Por momentos, era casi aterrador.

Leyla me dio un fuerte codazo, recordándome que había estado mirándolo durante demasiado tiempo. Salí de mi trance, sintiéndome un poco avergonzado, y rápidamente volví mi mirada hacia el frente. Nuestra maestra, la Sra. Walter, llamó al niño para que se presentara. Él asintió con indiferencia, la misma sonrisa traviesa jugando en la comisura de sus labios. Era el tipo de sonrisa que te decía que estaba tramando algo, algo peligroso, y por un segundo, no pude evitar preguntarme cuánto había cambiado desde la última vez que lo vi.

Luis:

¿Dónde diablos estoy? Mi papá realmente quería que volviera a la escuela, pero ¿este lugar? ¿En serio? Siempre tiene buenas intenciones, pero esta escuela es prácticamente inútil para mí. No hay casi nada aquí que pueda ser de algún beneficio real, excepto tal vez, y digo tal vez, podría divertirme ligando con algunas chicas. Eso es algo en lo que pensar más tarde, pero por ahora, probablemente debería presentarme al grupo de personas que me miran fijamente. Bueno, cambiemos un poco este lugar.

"No hay mucho que decir, en realidad", comencé, sintiendo los ojos de toda la clase puestos en mí. "Soy Luis. Acabo de cumplir 18 años y mi papá cree que es una buena idea que regrese a la escuela. Así que aquí estoy. Cuando no estoy aquí, paso mi tiempo traficando drogas, y el resto de mi tiempo lo uso en lo que sea que hagamos mis amigos y yo. Y, bueno, todavía me divierto mucho con las mujeres... pero no soy muy exigente al respecto".

Le di a la clase una sonrisa diabólica y luego volví mi atención a la Sra. Walter, observándola. En realidad, no estaba tan mal. Supongo que tendría alrededor de 29 años, pero su ropa la hacía parecer mucho mayor. Su cuerpo era decente, pero prefiero optar por chicas más cercanas a mi edad. La Sra. Walter se aclaró la garganta, tratando de recuperar el control de la clase, y preguntó si alguien tenía alguna pregunta. Una docena de chicas inmediatamente levantaron las manos. Me gustó eso.

Escaneé la clase y luego miré a la primera chica que vi. "¿Tienes novia?" Pregunté, con una sonrisa traviesa.

"No, no ahora mismo. Pero estoy abierto a divertirme. Si aparece el indicado, tal vez sentaré la cabeza. Pero no creo en el amor verdadero".

Antes de que pudiera responder, escuché algunos comentarios sarcásticos desde la última fila. Me volví para ver a dos chicas riéndose, claramente burlándose de mí. Una de ellas me parecía familiar, pero no podía identificarla. Levantó la cabeza y captó mi mirada con una sonrisa maliciosa. Luego, levantó la mano. Levanté una ceja.

"Oh, no, lo siento, pero eso es demasiado personal para una pregunta", dije, fingiendo ignorarla.

Ella sonrió, imperturbable. "No, está bien. Haré la pregunta y tú podrás decidir si es demasiado personal".

Ella y su amiga intercambiaron miradas y luego la chica de la sonrisa maliciosa habló. "¿Desde cuándo los italianos tienen ojos azul hielo?"

La pregunta me tomó por sorpresa, pero no iba a dejar que eso se notara. "¿Cómo se te ocurrió eso?" Pregunté, fingiendo estar intrigada.

Intercambiaron miradas de nuevo, sonriendo como si hubieran estado esperando que yo hiciera esa misma pregunta. Leyla (así se llamaba) se inclinó hacia adelante y sonrió. "Bueno, ¿desde cuándo los italianos tienen ojos azul hielo?"

Esperaba que ella dijera algo así, así que sonreí y respondí: "Bueno, si usara lentes de contacto marrones, al menos podría negar parte de mi nacionalidad".

Leyla no pareció sorprendida en absoluto, como si supiera exactamente lo que iba a decir. Una voz desde la última fila gritó: "¿De dónde eres entonces?"

Les di una sonrisa arrogante. "Como dijo Leyla, tengo raíces principalmente italianas, pero también tengo algo de sangre estadounidense y finlandesa".

La mandíbula de Leyla cayó. La otra chica estaba prácticamente llorando de tanto reír. Entonces la señora Walter, de quien había olvidado por completo que aún estaba en la habitación, se aclaró la garganta y dijo: "Ya son suficientes preguntas por ahora. Tendréis mucho tiempo para conoceros. Pero no en mi clase. Puedes sentarte al lado de Tiffany".

Tiffany era la chica sentada a mi lado. Parecía la típica chica bonita, pero yo ya tenía la mente decidida a aprovechar al máximo este infierno de escuela.

Tomé asiento al lado de Tiffany y fue entonces cuando me di cuenta de que estaba sentada al lado de la chica que estaba sentada al lado de Leyla. Leyla me miró como si hubiera visto un fantasma, todavía procesando lo que acababa de suceder. Su amiga, que también era hermosa, no pudo contener la risa y casi se cae de la silla.

Luego, como si las cosas no fueran lo suficientemente complicadas, la puerta se abrió y entró otro chico guapo. Aparentemente, las dos chicas a mi lado se habían calmado porque escuché a Leyla sisear fuertemente a su amiga: "Oh, genial, podemos Ni siquiera obtendré de él un día de paz. ¿Qué sigue, que un autobús lo atropelle?

Me volví para ver al chico nuevo y no entendí cuál era el problema. Parecía un modelo, por Dios. Las chicas probablemente se enamorarían de él, tal como lo hicieron conmigo. Tenía el pelo negro, era alto, musculoso y, a juzgar por su acento y su aspecto, probablemente también italiano. Pero cuando habló, noté algo más: sus ojos gris claro.

Él sonrió y dijo: "¡Por fin alguien que lo entiende! ¿Puedo sentarme a tu lado?

Sonreí y asentí. A la señora Walter no pareció importarle, probablemente estaba tomando notas o algo así. El chico nuevo caminó hacia atrás y le susurró algo a Tiffany, quien de repente pareció horrorizada y se movió a otro asiento.

"Oye, soy Ryan. ¡Qué bueno tener otro italiano aquí! dijo.

Le devolví la sonrisa y dije: "Sí, este lugar se volvió un poco más interesante".

Ryan se sentó y oí a Leyla gemir a mi lado. Ryan se inclinó y me saludó con una sonrisa. "¡Hola, Sierra, Leyla!"

Sierra, la otra chica, le devolvió el saludo, pero Leyla le lanzó una mirada como si quisiera estrangularlo. Tenía los ojos fríos como el hielo y me miró con disgusto. Pero Sierra, por otro lado, me miraba con curiosidad y sentía como si me estuviera evaluando.

Ryan se reclinó y se volvió hacia mí, con un brillo travieso en sus ojos. "Entonces, ¿qué más tienes además de raíces italianas?"

Levanté una ceja. "Mitad italiano, un cuarto americano y un cuarto finlandés".

Ryan sonrió. "Lindo. No es de extrañar que Leyla no te soporte".

Estaba confundido. "Espera, ¿qué quieres decir?"

Ryan sonrió como si tuviera todas las respuestas. "¿No lo sabías? Leyla también es mitad finlandesa y no cree que la escoria como nosotros pertenezcamos a su misma nacionalidad.

Mis ojos se abrieron. "¿Leyla es mitad finlandesa? Ella no lo parece.

Ryan se rió entre dientes. "Ella lo esconde bien. Pero créeme, ella lo tiene dentro".

Miré a Leyla de nuevo. No parecía tener sangre finlandesa, pero claro, se mantuvo aislada. Sin embargo, su amiga Sierra era una historia diferente. Parecía más abierta, pero aún cautelosa. Ryan siguió hablando.

"Sierra también es difícil. Tiene un caparazón duro, pero hay algo en ella. Ya la han lastimado antes y ahora se trata de actuar con calma. Pero no intentes nada. No quieres meterte con ella".

No pude evitarlo. Estaba intrigado. "La haré mía. La tendré en cama en dos meses".

Ryan se rió. "¿Tú? Hombre, no sabes a qué te enfrentas. Todos mis amigos lo intentaron y fracasaron. Pero si lo logras, quedaré impresionado. ¿Qué obtengo si no lo logras?

Pensé por un momento. "Quien pierde tiene que comprarle al otro una moto nueva".

La sonrisa de Ryan se hizo más amplia. "Estás apuntando alto. Muy bien, la apuesta está hecha".

Estaba empezando a preguntarme en qué tipo de lío me había metido. Pero no iba a dar marcha atrás ahora. Esto iba a ser divertido.

Sierra:

Fue bastante sorprendente tener a mi nuevo-viejo amigo sentado a mi lado. Me sentí casi surrealista, como si tuviera que seguir mirándolo para asegurarme de que no estaba soñando. Pero, por muy bueno que fuera, había un gran problema. Ryan había decidido sentarse a su lado, lo que significaba que prácticamente también estaba al lado de Leyla. Y allí estaba yo, atrapada sentada entre ellos, lo que me hizo sentir como si estuviera en medio de una bomba de tiempo. No ayudó que Leyla y Ryan siempre tuvieran esta tensión constante, especialmente cuando se trataba de estar cerca el uno del otro. Tenían todas las clases juntos y Leyla siempre se aseguraba de sentarse lo más lejos posible de él. Ryan, por otro lado, siempre estaba buscando maneras de discutir con ella, aunque ella no lo soportaba. Era como si estuvieran destinados a chocar.

Sin embargo, ya me di cuenta de que algo estaba mal. Leyla estaba furiosa por dentro, haciendo todo lo posible por no explotar. Sus ojos prácticamente disparaban dagas, y sabía que cualquiera que se atreviera a cruzarse en su camino en ese momento pasaría un momento difícil. La miré, sabiendo que cuando Leyla estaba enojada, nada podía detenerla.

Leyla y yo habíamos sido como hermanas desde que la conocí a través de mi prima. Fue un vínculo que formamos instantáneamente y hemos sido inseparables desde entonces. Había perdido a su hermana cuando solo tenía cuatro años y, aunque era algo que le pesaba mucho, nunca tuvo la oportunidad de procesarlo. Ella tenía un hermano, pero en comparación conmigo, que tuve la suerte de tener dos hermanos menores y un hermano mayor que ahora estaba en la universidad, la situación familiar de Leyla era un poco diferente.

Ahora bien, podrías pensar que Leyla y yo teníamos toneladas de novios, pero estarías completamente equivocado. Mi prima había salido con Leyla por un tiempo, pero no funcionó y terminaron en buenos términos. En cuanto a mí, mi primer novio fue en realidad el mejor amigo de mi prima. Pero no duró mucho y acabó alejándose. Por un tiempo, pensé que Leyla podría sentir algo por Ryan, razón por la cual siempre discutía con él, pero ya no estaba tan seguro. Tenía un odio especial hacia cualquiera que se hiciera amigo de Ryan, especialmente si era finlandés. Cualquiera en ese círculo estaba automáticamente en su lista de objetivos.

Pero ni siquiera yo estaba seguro de lo que estaba pasando. Había tenido una gran discusión con Ryan por algo ridículo, y ni siquiera estaba seguro de si esta vez estaba equivocada. Sonó el timbre, indicando la hora del descanso y nos dirigimos a la cafetería.

Cuando Leyla se enojaba con alguien, tenía la resistencia de un corredor de maratón. Hoy, ella estaba en una de sus diatribas, hablando y hablando sobre lo idiota que era Ryan y por qué diablos tuvo la audacia de sentarse a su lado y hablar con ella. Solo le sonreí y asentí, dejándola desahogarse. Sabía que le tomaría un tiempo sacarlo todo de su sistema.

Cuando llegamos a la cafetería, aún no estaba lista, pero fuimos interrumpidos por dos idiotas familiares parados justo frente a nosotros. Si Leyla estaba enojada con alguien, era mejor evitarlo durante las siguientes 24 horas a menos que quisieras arriesgar tu vida. Y el hecho de que uno de ellos fuera Ryan no ayudó.

"¿Estás hablando de nosotros?" Preguntó Ryan, su voz llena de arrogancia. Intenté intervenir, planeando arrastrar a Leyla fuera de la cafetería, pero Leyla no estaba de acuerdo. Estaba decidida a ocuparse de ellos.

"Sí, por supuesto, Ryan, el mundo gira en torno a tu pequeño y estúpido ego. ¡Me encantaría que te ahogaras con tus tontos comentarios, bastardo! Espetó Leyla, su furia clara. Y con eso, la tormenta había comenzado oficialmente y ya no había forma de detenerla.

Ryan, claramente aturdido, preguntó: "¿Por qué ustedes dos siempre están discutiendo?".

Antes de que pudiera responder, ya estaba de mal humor. Le siseé: "Como si eso fuera asunto tuyo, y ¿por qué diablos estás hablando conmigo?"

Ryan, visiblemente molesto, intentó ignorarlo. "¡Guau, cálmate! ¡Era sólo una pequeña pregunta!

Le respondí: "¿Cálmate? ¿Mientras Leyla y Ryan tienen su pelea habitual por enésima vez este año? Sí, parece una buena idea".

Mia Bella, una voz interrumpió, hablando con un suave acento italiano, "La vida es demasiado corta para estar molesta por tus amigos".

Al principio me sentí halagada, pero luego me enojé conmigo misma por sentirme así. ¿Por qué me habían encantado sus palabras? Quizás debería haber estudiado italiano en lugar de español en la escuela.

"¿Qué diablos crees que estás haciendo, diciéndome qué hacer? ¿Y qué pasa con esa tontería de 'Mia Bella'? Le grité, completamente molesto.

Justo cuando estaba a punto de perder el control, hubo un grito de rabia y alguien me agarró sacándome de la cafetería. Gemí por dentro. Genial, ahora tuve que escuchar a Leyla despotricar sobre esto todo el día.

Una vez que salimos de la cafetería, nos topamos con mi primo y su amigo Lucas. Lucas estaba muy enamorado de Leyla, pero ella no tenía ningún interés en él. Ella le dio un empujón rápido y corrió hacia nuestros casilleros, todavía furiosa.

Mi primo me miró con lástima en los ojos y preguntó: "¿Ryan otra vez?".

Puse los ojos en blanco, claramente harta. Todo el mundo sabía de las constantes discusiones entre Leyla y Ryan.

Él asintió con simpatía y dijo: "Buena suerte", antes de salir tras Leyla.

En ese momento, supe que el resto del día iba a ser largo, lleno de tensiones y discusiones interminables, y que probablemente me quedaría atrapada en medio de todo.

Luis:

Miré a Ryan, que estaba sentado allí con una expresión engreída, mirando al frente. Con curiosidad por la tensión entre él y Leyla, decidí preguntar. "¿Por qué Leyla y tú siempre pelean?" Pregunté, esperando tener una idea de la situación. Como no había podido sacarle nada a Sierra, tal vez Ryan sería más comunicativo.

Ryan se encogió de hombros con indiferencia, todavía con esa mirada engreída en su rostro. "Así son las cosas entre nosotros. Siempre ha sido así", dijo con tono casual.

No estaba convencido. "Tiene que haber más que eso", presioné, ansioso por escuchar lo que tenía que decir. Su respuesta fue evasiva, pero yo estaba decidido a llegar al fondo del asunto.

Ryan pareció dudar por un momento antes de volver a hablar, y cuando lo hizo, las palabras que salieron me tomaron por sorpresa. "Bueno, en realidad éramos mejores amigos en la escuela primaria", comenzó, con un brillo travieso apareciendo en sus ojos. "Pero una vez la expuse frente a toda la escuela y desde entonces me odia. Creo que es muy divertido discutir con ella ahora".

No podía creer lo que estaba escuchando. "¿Mejores amigos?" Repetí, alzando la voz con incredulidad. Las palabras parecían imposibles de conciliar con la animosidad entre ellos. "¿Estás bromeando? ¡Siempre tuve la sensación de que ella preferiría verte muerto!" Mi mente estaba acelerada, tratando de procesar lo que Ryan acababa de admitir. ¿Cómo pudo haber sido su mejor amigo y luego haber hecho algo tan cruel?

Ryan, aparentemente divertido por mi reacción, me dio una sonrisa maliciosa pero también pareció estudiarme por un momento, tal vez tratando de evaluar si yo era alguien en quien podía confiar. Miró al suelo, un gesto que se sintió extrañamente fuera de lugar. lugar para alguien como él, típicamente el italiano confiado y engreído.

"Te lo diré en otra ocasión", murmuró en voz baja, volviendo rápidamente a su habitual comportamiento machista. Su sonrisa volvió y me miró con un aire de confianza casual. "De todos modos, déjame presentarte a mis amigos".

Aún procesando sus palabras, asentí, un poco confundido por todo el intercambio. ¿Qué había pasado entre él y Leyla para que su relación fuera tan tóxica? Seguí a Ryan hasta una mesa cercana donde estaban reunidos sus amigos, mi mente estaba llena de preguntas. Aparentemente sólo había otros seis italianos en esta escuela, contándonos a Ryan y a mí. Cuatro de ellos estaban un año por debajo del nuestro, y los otros dos, que se presentaron como Paco y Antonio, estaban en nuestro grado.

Mientras Ryan saludaba a sus amigos, no pude evitar sentirme más perplejo por la complicada red de relaciones que me rodeaba. Los misterios sobre Ryan y Leyla, Sierra e incluso mi propio lugar en todo esto estaban empezando a acumularse. ¿Alguna vez obtendría las respuestas que estaba buscando? ¿O estaba destinado a quedar atrapado en el caos de sus vidas?

Sierra:

Cuando alcancé a Leyla en nuestros casilleros, la encontré sentada en el suelo, con la mirada fija en la distancia y una expresión de exasperación en su rostro. Sin decir una palabra, me senté a su lado, dándole espacio para ordenar sus pensamientos. El silencio entre nosotros fue más pesado de lo que esperaba. Me di cuenta, sin embargo, de que había algo más en su mente, algo mucho más profundo que las constantes discusiones con Ryan. Estaba claro que hacía tiempo que no nos habíamos tomado el tiempo para hablar realmente.

"¿Qué está sucediendo?" Pregunté, mi voz suave pero preocupada.

Leyla me miró y sus labios se curvaron en una leve sonrisa. "Tienes razón. No es sólo Ryan. No vale la pena tanto alboroto". Su voz estaba mezclada con una tristeza que no podía ignorar. "Pero también tienes razón: hay más que eso".

Levanté una ceja, esperando que continuara. "Está bien, entonces dime. ¿Qué está pasando?"

Ella suspiró y sus hombros se hundieron por la frustración. "No es solo Ryan", dijo suavemente, su voz apenas era más que un susurro. "Mis padres se han enterado de nuestras discusiones diarias y ahora quieren hablar con el director o, peor aún, enviarme a un internado. Pero eso ni siquiera es lo peor. Mi hermano pequeño está siendo intimidado todos los días en escuela, y a mamá y papá no parece importarles en absoluto". Ella apartó la mirada, como si el peso de todo aquello fuera demasiado para soportarlo.

La miré en estado de shock. ¿Internado? ¿Leyla? No podía imaginarme que la enviaran lejos, no ahora, no cuando más la necesitaba. La idea de afrontar mi último año sin ella a mi lado me parecía un futuro insoportable.

"Espera", logré finalmente, con la voz temblorosa. "No pueden enviarte a un internado, Leyla. No puedes ir".

Ella sonrió débilmente. "Lo sé. Siento lo mismo. Pero no es que tenga voz y voto al respecto".

Podía sentir mi corazón latiendo con fuerza en mi pecho, pero traté de enmascararlo con un suspiro, instándola a continuar.

"Está bien, te he contado mis cosas", dijo Leyla, cambiando de tema y entrecerrando los ojos. "Ahora es tu turno. ¿Qué te pasa?"

Dudé por un momento, el peso de mis propias luchas de repente se sintió más pesado de lo habitual. "Mis padres siempre me critican por mis calificaciones", comencé, las palabras salieron antes de que pudiera detenerlas. "Siempre me comparan con mi hermano mayor. Él era perfecto, siempre lo hacía todo. Piensan que soy vago, que me distraigo con facilidad y que simplemente no me esfuerzo lo suficiente. ¿Y mi hermano mayor? No es de ninguna ayuda. En lugar de apoyarme, él Simplemente me molesta, empeora todo. A veces, desearía que se fuera a la universidad y me dejara en paz".

Hubo una larga pausa y pude sentir mis palabras flotando en el aire entre nosotros. Nunca antes me había abierto así con nadie, pero con Leyla me sentí bien. Ella fue la única que realmente entendió.

El repentino sonido del timbre me sacó de mis pensamientos. Ambos gemimos al darnos cuenta de que era hora de ir a clase. El día apenas comenzaba y ya parecía que nos había pasado factura.

Leyla se levantó con un suspiro y se secó las manos en los vaqueros. "Mierda", murmuró en voz baja. No pude evitar reírme; su franqueza siempre lograba hacerme sonreír, incluso cuando las cosas parecían sombrías.

Rápidamente nos dirigimos a nuestra siguiente clase: Historia. El tema que ambos odiábamos más que nada. No fue sólo porque nos aburría hasta las lágrimas; También fue porque siempre tuvimos la sensación de que a los profesores tampoco les importábamos mucho. Hoy tuve la sensación de que nuestra relación con esta clase estaba a punto de empeorar.

Al entrar, nos recibió nuestro maestro, el Sr. Mittermaier, quien no perdió tiempo en abordar nuestra llegada tardía. "Ya tenemos nuestros voluntarios", anunció con una mirada severa. "Ustedes, señoras, llegaron tarde y estos dos caballeros", señaló a

Ryan y a otro chico que no reconocí, "han estado haciendo lo suficiente como para interrumpir mi clase. Harán una presentación conjunta y les haré saber tema en un momento."

La mandíbula de Leyla se abrió y sentí que mi propio estómago se retorcía en un nudo. Este día no podría ser peor, ¿verdad?

"¡No!" Leyla exclamó con incredulidad. Me hice eco de sus pensamientos con un chillido horrorizado. ¿Presentando con Ryan? Ya era bastante malo verse obligado a pasar tiempo con él en clase, ¿pero ahora teníamos que trabajar juntos? Ya podía sentir la tensión aumentando y sabía que nada bueno saldría de ello.

Miré a mi alrededor, tratando de procesar la situación. Por un lado, era bueno que Leyla y yo estuviéramos trabajando juntos, pero eso no compensaba el hecho de que tendríamos que lidiar con Ryan. Cada vez que esos dos estaban a menos de cinco pies uno del otro, el aire crepitaba de animosidad. Y para empeorar las cosas, ahora me asociaban con el "viejo y nuevo", el que era a la vez frustrante y molestamente atractivo. No podía entenderlo, pero estaba seguro de que este proyecto iba a ser un dolor de cabeza.

No teníamos más remedio que terminar con esto de una vez, pero me sentía desgarrado. Si Leyla y yo tuvimos una acalorada discusión durante la presentación, eso podría confirmar las sospechas de sus padres y llevar a que la expulsaran. Para mí, fracasar en esto sólo añadiría más leña a las frustraciones ya latentes de mis padres sobre mi rendimiento académico. Ninguno de nosotros podía permitirse el lujo de que las cosas salieran mal.

Miré a Leyla, que ahora me miraba insegura. Su habitual bravuconería se había desvanecido en algo mucho más oscuro. ¿Qué se suponía que debíamos hacer ahora?

La voz del señor Mittermaier interrumpió mis pensamientos y me devolvió a la realidad. "Si ustedes, señoras, finalmente se sientan y dejan de interrumpir mi clase, pueden comenzar". No parecía importarle que claramente no estuviéramos entusiasmados con el acuerdo.

Leyla, en su habitual estilo rebelde, murmuró: "Sí, claro", y se dejó caer en una silla, con la voz llena de sarcasmo. Me senté a su lado y ambos tratamos de fingir indiferencia, pero por dentro ambos temíamos lo que estaba por venir.

Mientras tomamos asiento, no podía creer cómo se estaba desarrollando esta segunda semana del último año. ¿Qué había hecho yo para merecer esto? Se suponía que este sería nuestro último año, el que podríamos recordar con orgullo, pero en cambio, sentimos como si todo se estuviera desmoronando.

Luis:

Oh, este hombre realmente tenía talento para hacer que todo pareciera el fin del mundo. La lección acababa de comenzar y ya nos estaban hablando de una gran presentación. Primero, preguntó quién de la clase se ofrecería como voluntaria y, por supuesto, una docena de chicas se inscribieron con entusiasmo. Estábamos a punto de elegir a los más atractivos e inteligentes cuando, de la nada, la puerta se abrió de golpe y entraron Leyla y Sierra. Bueno, parecía que el Sr. Mittermeier tuvo una epifanía porque, con un gesto dramático, los señaló a los dos. La forma en que reaccionaron parecía sacada de una película de comedia. La boca de Leyla se abrió con incredulidad y Sierra dejó escapar un agudo, casi dulce, "¡No!" Pero no había ningún poder real detrás de sus palabras. Ambos parecían a punto de desmayarse, con los ojos muy abiertos por la conmoción y el miedo, como si acabaran de recibir una noticia terrible que les cambiaría la vida.

Internamente, casi podía oírlos escribir mentalmente sus testamentos. Y, sinceramente, aunque no me entusiasmaba que me obligaran a hacer una presentación con ellos dos, funcionó a mi favor. Después de todo, tenía que pensar en esa apuesta. Miré a Ryan y, al ver la expresión de su rostro, supe que entendía exactamente lo que estaba pensando. Me dio una sonrisa engreída, del tipo que siempre usaba cuando pensaba que tenía ventaja sobre alguien.

Mientras tanto, el Sr. Mittermeier, siempre ajeno, tranquilamente ordenó a las chicas que tomaran asiento y, en un momento surrealista, tanto Leyla como Sierra se dirigieron a los escritorios, todavía aturdidas y en silencio. Sierra me lanzó una mirada y yo encontré su mirada con una mirada sutil y conspiradora. Oh, no. No iba a comprarle a Ryan una motocicleta en dos meses sólo por una pequeña apuesta. La presentación, si se maneja adecuadamente, podría sacarme del apuro. Siempre y cuando Ryan y Leyla no empezaran a destrozarse mutuamente, claro está. Los dos tendrían que estar encerrados juntos en una habitación hasta que resolvieran sus problemas o se mataran entre sí.

La clase avanzaba a un ritmo terriblemente lento. Lo juro, pensé que iba a morir de aburrimiento al menos tres veces antes de que finalmente pasáramos a algo más interesante. Después de lo que pareció una eternidad, nos dijeron que pasáramos al frente y eligiéramos el tema para la presentación. "Todo sobre la mitología griega". ¿En realidad? ¿Qué clase de tema tonto era ese? Miré a las chicas, que estaban tomando notas como si sus vidas dependieran de ello. Mientras tanto, confiaba en mi cerebro y mi memoria para salir adelante. No era necesario que tomara notas; Tenía esto cubierto.

Leyla y Sierra, todavía luciendo como si les acabaran de decir que iban a ser ejecutadas, hicieron un movimiento para irse tan pronto como terminó la clase. Pero Ryan y yo, que teníamos un plan diferente, decidimos reunirnos en la biblioteca a las tres para terminar todo esto. Agarré el brazo de Sierra y ella instantáneamente se dio la vuelta, sus ojos brillaban con sorpresa e irritación. "¡Qué quieres y suelta mi brazo ahora mismo!" siseó, como si acabara de tirarla a una trampa. Sonreí perezosamente y dije: "Primero que nada, quédate callado y escucha, y segundo, nos encontraremos en la biblioteca a las tres. Y tercero, no discutamos".

Antes de que pudiera protestar, Ryan y yo nos dimos la vuelta y nos alejamos, dejando a las dos chicas ahogadas por su frustración. Sabía que esto no iba a ser fácil, pero era un mal necesario.

Sierra:

Bueno, ese fue un anuncio del que fácilmente podría haber prescindido. Toda la situación me irritaba, pero parecía que no teníamos otra opción que aceptarla. Leyla, sentada a mi lado, puso los ojos en blanco de una manera que podría rivalizar con la de un profesional. Estaba visiblemente furiosa y estaba claro que estaba conteniendo su frustración, aunque sabía que no pasaría mucho tiempo antes de que todo saliera a la luz. Pasamos las últimas horas de clase, contando los minutos hasta que finalmente pudimos llegar a la biblioteca. Cuando sonó el timbre a las tres en punto, estaba listo para terminar con esto de una vez.

Decidida a aligerar un poco el ambiente, pensé en mordisquear un trozo de regaliz, con la esperanza de que calmara mi molestia, aunque no estaba haciendo mucho. Leyla estaba tratando, como siempre, de controlar su temperamento, pero seamos realistas: confiar en que ella no estallara era un poco como esperar que un volcán no entrara en erupción. Encontramos un lugar en el sofá al fondo de la biblioteca y esperamos.

Y esperó.

Pasó media hora y justo cuando estaba a punto de estallar de pura impaciencia, finalmente llegaron. Por supuesto, su gran entrada fue nada menos que un desastre. "¡Perdón por llegar tarde, pero nos perdimos en el camino de la vida!" La voz de Ryan resonó, con Louis sonriendo a su lado. Era como si estuvieran jugando a ser los payasos de la clase y yo ya lo había superado. Mi estado de ánimo estaba decayendo rápidamente mientras intentaba contener la ira que burbujeaba dentro de mí. Pero para mi sorpresa, Leyla estaba tranquila, casi de manera desconcertante.

"Está bien, al menos estás aquí ahora. Así que comencemos", dijo en un tono extrañamente controlado. Parpadeé con incredulidad: ¿Leyla realmente estaba logrando mantener la calma? Era como una superpotencia o algo así. Incluso Ryan parecía desconcertado, con la boca abierta. Pero, por supuesto, eso no duró mucho. Rápidamente recuperó la compostura y respondió: "Está bien, equilibrada Leyla, ¿qué sabes sobre la mitología griega?"

La respuesta de Leyla llegó rápidamente y yo hice una mueca. "Al menos más que tú, idiota."

Oh no, eso definitivamente no ayudaría a calmar las cosas. En todo caso, fue como encender una cerilla en una habitación llena de gasolina. Vi las chispas volar incluso antes de que tocaran el suelo, y antes de que pudiera decir algo, Leyla ya se estaba calentando. Tuve que intervenir, rápido.

"Hoho, cálmate", dije rápidamente, levantando las manos en un gesto de ofrenda de paz. "Tal vez nuestro novato aquí debería decirnos lo que sabe al respecto".

Ryan no pareció entusiasmado con mi sugerencia e inmediatamente dio marcha atrás. "¿Qué tal si primero buscamos algunos libros sobre el tema y luego leemos un poco?"

Me gustó esa idea, de hecho. Fue una excelente manera de quitarles la presión a todos y realmente hacer algo. "Bien, ustedes dos quédense aquí", dije, agarrando el brazo de Leyla y levantándola del sofá. "Entonces vamos a buscar los libros".

Me pareció una pequeña victoria, pero no me engañaba. Todavía estábamos al límite y no haría falta mucho para que las cosas volvieran a estallar. Con una mezcla de resignación y determinación, nos dirigimos a los estantes de la biblioteca para encontrar lo que necesitábamos. Por mucho que odiara admitirlo, esta presentación estaba resultando ser la menor de mis preocupaciones.

Luis:

Me volví hacia Ryan, un poco más serio esta vez. "Muy bien, dime la verdad, ¿por qué sigues menospreciando así a Leyla?" Pude verlo dudar por un momento, sus ojos parpadeaban incómodos. "¡Ella siempre empieza!" respondió, tratando de desviar la pregunta.

No lo estaba comprando. "Hoy no. Hoy, fuiste tú quien empezó las cosas. Ella no dijo nada ofensivo ni trató de provocarte. Ella estaba bien. Pero tú... la menospreciaste primero sin ningún motivo. Cada vez que ella habla, Ya estás a la defensiva. ¿Qué te pasa, Ryan? ¿Cuál es el verdadero problema?

Me di cuenta de que no fue fácil para él admitirlo, pero finalmente suspiró profundamente, casi derrotado. Después de una larga pausa, me miró seriamente. "Está bien, pero si le cuentas a alguien sobre esto, te juro que haré que te arrepientas", advirtió con un tono inusualmente tenso. Solo asentí, sintiendo lo difícil que era para él. "No diré una palabra. Sólo dímelo".

Ryan pareció ordenar sus pensamientos por un momento, y luego las palabras salieron, sorprendentemente vulnerables. "Todo empezó hace dos años. Yo tenía 16 años y Leyla 15. Ella no era exactamente la chica popular de aquel entonces y era un poco gordita. En cuanto a mí, bueno, yo estaba en la llamada 'élite'. Siempre he sido de primer nivel, ¿sabes? Y Leyla y yo éramos mejores amigas, pero luego las cosas empezaron a cambiar. también, pero no de la manera que debería haberlo hecho. Tenía miedo de lo que significaría para mi reputación si la gente supiera que éramos más que amigos. Quiero decir, era conocido por relacionarme con todo tipo de chicas, y salir con ella me habría hecho parecer débil. Entonces, un día de verano, después de la escuela, estábamos hablando de nuestros planes para las vacaciones. El patio de la escuela estaba lleno de gente, nuestra multitud, y fue un gran problema que incluso estuviera hablando con ella delante de todos. y mucho menos estar afuera con ella.

Bueno, ella quería darme un beso de despedida. Y sin pensarlo, yo... la aparté. Grité por todo el patio: '¡Aléjate de mí! Como si alguna vez te fuera a besar, ¿quién querría besar a alguien tan gordo como tú?'" La voz de Ryan vaciló mientras las palabras flotaban en el aire, y pude ver el peso de lo que había dicho incluso en ese entonces. "Todos se rieron, incluido yo. Y Leyla, ella simplemente... se fue corriendo llorando. Nunca la había visto así antes. Y desde ese momento ella me odia y no la culpo. Lo arruiné todo".

Estaba en shock. Quería reírme, pero no fue gracioso. Sentí al mismo tiempo disgusto y extraña lástima por él. "Wow. Qué sorpresa. No me sorprende que te odie", dije, sacudiendo la cabeza. "Realmente lo arruinaste, ¿no? Eso debe haberla destrozado por dentro. Y lo peor es que probablemente arruinaste lo mejor que alguna vez tuviste. Ahora mírala: es absolutamente deslumbrante e, irónicamente, ahora es parte del grupo de élite, igual que tú."

Ryan me miró fijamente, casi impotente, y me di cuenta de que una parte de él se arrepentía de todo. Parecía un niño que acababa de darse cuenta de que había perdido a su primer amor verdadero. Sus ojos se suavizaron por un breve momento antes de que rápidamente enmascarara sus sentimientos con su habitual arrogancia. La sonrisa engreída volvió a su rostro, pero estaba claro que su valentía no fue suficiente para ocultar el dolor en sus ojos.

Ahora podía verlo: la verdad. "Aún la amas, ¿no?" Le pregunté y por una fracción de segundo no dijo nada. Pero luego dejó escapar una risa seca, sin convencer a nadie, especialmente a mí. Podría decirlo ahora. Su aspecto (derrotado, como si acabara de perder al amor de su vida) me lo decía todo. Pero, como siempre, la máscara volvió a levantarse rápidamente. La expresión desapareció y miró a su alrededor con esa habitual sonrisa arrogante, como si nada hubiera pasado.

En ese momento, las dos chicas entraron a la habitación. Para mi sorpresa, Leyla parecía absolutamente devastada, con los ojos rojos como si hubiera estado llorando. Sierra, por otro lado, estaba mirándola fijamente, con el rostro contraído por la frustración. Me dejó aún más confundida, pero no estaba segura de querer saber qué había pasado entre ellos. Aún así, estaba claro que la tensión entre todos se había vuelto más espesa y el aire se sentía cargado de palabras no dichas.

Volví a mirar a Ryan, preguntándome si se daba cuenta de lo que estaba sucediendo frente a nosotros. Me miró a los ojos brevemente, pero su expresión ahora era ilegible, su vulnerabilidad anterior completamente enmascarada por su habitual indiferencia.

Sierra:

Nos acercamos a los estantes llenos de libros sobre mitología griega y no pude evitar preguntarle a Leyla. "Está bien, entiendo que no te lleves bien con Ryan, pero nunca me has dicho por qué. Honestamente, siempre he tenido la sensación de que le gustas. Cada vez que ni siquiera lo has notado todavía, pero él ya te ha visto, te mira como si estuviera… enamorado. Entonces, ¿qué está pasando realmente?

Fue entonces cuando ella colapsó. Me preparé para cualquier cosa, desde un arrebato de ira hasta que ella me diera el trato silencioso, pero nunca esperé que ella comenzara a llorar. Era como si sus muros cuidadosamente construidos se hubieran derrumbado de repente. (Todos los héroes lloran a veces. No porque sean débiles, sino porque han sido fuertes durante tanto tiempo...)

Leyla siempre fue quien se mantuvo unida, quien no mostró nada más que fuerza. Ella era la chica que nunca parecía tener problemas con nada, así que verla romper así me tomó completamente por sorpresa. Rápidamente me arrodillé a su lado y suavemente puse mi mano en su espalda. "Oye, ¿qué está pasando? ¿Dije algo mal? Háblame, Leyla.

Estaba sollozando suavemente, pero parecía que poco a poco estaba empezando a recomponerse. Después de unos momentos, finalmente habló, su voz apenas era más que un susurro. "Está bien, nunca te he dicho esto. Fue antes de que te mudaras aquí. Yo tenía 15 años y Ryan 16. Éramos muy cercanos, mejores amigos. Pero entonces... comencé a enamorarme de él. Honestamente pensé que él podría sentir lo mismo. Pero yo tenía sobrepeso, no era popular y él... bueno, él era todo lo contrario de eso. Todo el mundo lo conocía y su popularidad creció. Una tarde de verano estábamos hablando después de clase, solo nosotros dos. Quería mostrarle cuánto me importaba. Pensé que tal vez si lo besara, lo entendería. Pero ese fue el error más grande que he cometido".

Hizo una pausa, respiró entrecortadamente y pude ver que el dolor regresaba a sus ojos. "Me incliné para besarlo y él simplemente me empujó. Gritó: 'Bah, como si alguna vez te fuera a besar'. Cualquier chico besaría a alguien tan gordo como tú. No creo haberme sentido más humillado en mi vida. Todos lo oyeron y se rieron. Él también se rió, mientras yo salía corriendo del patio de la escuela, llorando. Más tarde se disculpó, pero dijo que estaba más preocupado por mantener su reputación que cualquier otra cosa. Él eligió su estatus antes que yo".

Podía sentir la pesadez de sus palabras hundirse. Mi corazón dolía por ella mientras continuaba. "Después de eso, borré su número, lo bloqueé en todas partes. Me dije a mí mismo que había terminado con él. Pero no quería que se olvidara de mí, así que comencé a entrenar. Casi no comí nada, sólo para poder tener el cuerpo que siempre soñé. Trabajé muy duro y cuando comencé a tener mejor aspecto, pensé que tal vez lo lastimaría como él me lastimó a mí. Pero cada vez que intenté mostrárselo, simplemente no funcionó. No importó cuánto cambié, cuánto trabajé. Nunca fui suficiente para él.

Pero lo que más me destruye es que todavía lo amo. A pesar de todo, a pesar de lo mucho que me lastimó, todavía lo amo. Pero nunca más me dejaría enamorar de él. Nunca podría volver a pasar por eso. No puedo permitir que me rompa por segunda vez".

Sus palabras me golpearon como una tonelada de ladrillos. No tenía idea del dolor que había estado cargando y ni siquiera podía empezar a imaginar su profundidad. Por un momento, me quedé atónito. Me quedé allí, congelada, con la boca abierta por el shock.

Leyla me miró con esos ojos tristes y, de repente, sentí que era mi turno de ser fuerte por ella. Me agaché a su lado y le sequé suavemente las lágrimas de la mejilla. "Leyla, ese tipo definitivamente no merece tu tiempo. Eres increíble tal como eres. ¿Y sabes qué? Tienes todo por delante. Así que limpia esas lágrimas y mantén la cabeza en alto, ¿de acuerdo?

Ella asintió levemente, pero me di cuenta de que todavía estaba luchando. Sabía que si tenía que enfrentarse a Ryan ahora mismo, probablemente se derrumbaría otra vez. Entonces, rápidamente se me ocurrió un plan para ayudarla a superar esto. "Oye, tengo una idea. Vete a casa ahora y yo me encargaré de la primera parte de la presentación con los chicos. Cuando terminemos, iré a tu casa y hablaremos. Descubriremos qué sucede después".

Su rostro se iluminó un poco y sonrió levemente. "¿Realmente harías eso por mí? Eres el mejor amigo que cualquiera podría pedir".

Le di una sonrisa tranquilizadora: "Por supuesto que lo haría. Ahora, vayamos a buscar algunos libros y arreglaremos esta presentación".

Leyla se levantó y la ayudé a reunir algunos libros sobre mitología griega. Caminamos de regreso a donde estaban esperando Ryan y Louis, y tan pronto como Ryan vio que Leyla había estado llorando, su expresión cambió. Él la miró con genuina preocupación. Por un momento, casi pensé que iba a disculparse o incluso preguntar quién la había lastimado. Pero luego volvió su habitual sonrisa burlona y me di cuenta de que tal vez no ignoraba del todo lo que había hecho.

Aún así, había algo diferente en su reacción ahora. Tal vez, sólo tal vez, se dio cuenta de lo que había perdido todo el tiempo.

Luis:

Sierra colocó la pila de unos quince libros frente a mí y dijo: "Muy bien, aquí están los libros. Leyla no se siente bien, así que se dirige a casa". Asentí y vi que Leyla realmente tenía un aspecto terrible. "Yo también me iré si te parece bien. Realmente tampoco me siento muy bien hoy", dijo Ryan, su voz sonaba casi a disculpa. Leyla se estremeció ante sus palabras pero no dijo nada. Sierra dejó escapar un profundo suspiro, claramente frustrada pero también preocupada. "Está bien, entonces Louis y yo comenzaremos hoy y continuaremos juntos más tarde", dijo. Ryan se levantó y, sin decir una palabra más, salió de la biblioteca, sin siquiera molestarse en despedirse.

Leyla caminó hacia Sierra, envolviéndola con sus brazos en un fuerte abrazo, su voz apenas era más que un susurro cuando dijo: "Adiós". La forma en que lo dijo me hizo darme cuenta de lo frágil que parecía en ese momento. Hasta ahora, sólo la había visto como alguien increíblemente fuerte e inquebrantable, y este atisbo de vulnerabilidad me tomó por sorpresa.

"Está bien", dijo Sierra, volviéndose hacia mí, "realmente no me gustas, pero tenemos que trabajar juntos, así que voy a pedir una tregua". Levanté las cejas ante el repentino cambio en su tono. Parecía genuinamente preocupada por sus amigos, pero yo todavía estaba tratando de darle sentido a todo lo que estaba sucediendo. Su sugerencia de una tregua me pareció demasiado fácil, demasiado rápida, pero no discutí. "Bien, no hay problema", respondí, todavía tratando de entenderla. Algo en ella me resultaba familiar y me molestaba. No sabía de dónde la conocía, pero la sentía como alguien a quien debía reconocer.

Me sorprendió mirándola y, por un momento, sentí que sabía exactamente lo que estaba pensando. La intensidad de su mirada sólo aumentó la confusión, pero rápidamente aparté la mirada, obligándome a concentrarme en la tarea que tenía entre manos. Cogí el primer libro que tenía delante y lo abrí, sin prestar mucha atención a las palabras de la página. Sierra pareció hacer lo mismo, hojeando su libro con el mismo aire distraído.

Al final, ya no pude quedarme callado. "¿Qué pasó con Leyla? Parecía absolutamente destruida", pregunté, mi curiosidad se apoderó de mí. Sierra me miró por un momento, sus ojos calculadores, como si estuviera decidiendo si confiarme o no la verdad. "Bueno, se supone que no debo decir esto y, sinceramente, no confío en ti, pero tiene algo que ver con tu nuevo mejor amigo Ryan".

Me di cuenta de inmediato: Sierra no sabía acerca de la humillación que Ryan había hecho pasar a Leyla. Sin embargo, no me sorprendió; ella parecía demasiado fuera de lugar. Asentí lentamente, haciéndole saber que estaba consciente de la situación. "Oh, está bien, ahora lo entiendo. Ryan me dijo algo así antes", dije, tratando de mantener la situación informal. Pero la reacción de Sierra me tomó por sorpresa.

Su rostro se contrajo de ira y parecía como si estuviera a punto de prender fuego a algo con su mirada. "Espera, ¿hizo qué? ¿De verdad se jactó de ello?" Su voz estaba llena de furia, pero rápidamente la reprimió. "Leyla es la mejor persona que conozco y sólo quiero darle un puñetazo a Ryan en la cara por lo que le hizo".

Me recliné un poco hacia atrás, con expresión indiferente, pero luego hablé para aclarar las cosas. "Juré que no le contaría a nadie sobre esto, pero sí, Ryan se jactaba de ello. No podía dejar de hablar de ello. Es un desastre, pero..." Me detuve, sintiendo el peso de la situación.

Los ojos de Sierra se abrieron con incredulidad. "¿No lo hizo?"

Sacudí la cabeza lentamente. "No, definitivamente no, pero ahora mismo creo que deberíamos centrarnos en la presentación. Es lo más importante en este momento".

Tan pronto como lo dije, me di cuenta de lo absurdo que sonaba. La presentación era lo último que me importaba en ese momento, pero era una buena manera de cambiar de tema, especialmente cuando Sierra parecía tan aburrida como yo. Cogí el libro de nuevo, fingiendo leer, pero me di cuenta de que los ojos de Sierra se dirigían a mis labios. Cuando las chicas miran los labios de un chico, normalmente piensan en cómo sería besarlos. Una sonrisa traviesa se dibujó en mi rostro mientras me recostaba en mi silla, divertido.

Que comiencen los juegos.

Sierra:

Encontré mi mirada fija en sus labios mientras él luchaba por concentrarse en el libro frente a él. Sus labios eran carnosos y de hermosa forma, y no pude evitar imaginar cómo se sentiría si rozaran los míos y luego se deslizaran lentamente por mi cuello. En medio de estos pensamientos, el chico de labios tentadores habló de repente, rompiendo mi ensueño. "¿Estás pensando en besarme?" preguntó, con una amplia sonrisa y complaciente.

Me quedé helada, con el corazón acelerado, atrapada en el momento. No estaba dispuesto a admitir lo que estaba pensando, así que traté de actuar con calma, aunque mi voz me traicionó un poco. "No, ¿cómo se te ocurrió eso?" Tartamudeé, todavía un poco desconcertado.

No dejó de sonreír, claramente consciente de que tenía razón. "Bueno, estuviste mirando mis labios durante tanto tiempo. ¿Nunca tuviste un beso realmente bueno? ¿Quieres ver cómo se siente uno real?

Casi no podía creer lo que estaba escuchando. Por supuesto, tenía razón: nunca había experimentado nada parecido a un gran beso. Claro, había besado a personas antes, pero la mayoría de ellos eran olvidables, algunos de ellos francamente incómodos. Pero no había manera de que pudiera decirle eso. No iba a darle esa satisfacción. "Pero ya he tenido uno antes, y no, no quiero", respondí rápidamente, aunque me di cuenta por su sonrisa que no se lo creía.

Su sonrisa sólo se hizo más amplia y su confianza creció. "Como si. Pero no me importa mostrarte cómo se hace", dijo, inclinándose hacia adelante. Sentí que mi cuerpo se ponía rígido, congelado en su lugar. Su rostro ahora estaba a sólo unos centímetros del mío y podía ver la intensidad en sus ojos azul hielo. Por un breve momento, me pareció ver un destello de deseo allí, pero con la misma rapidez desapareció. Sin embargo, su cabeza permaneció cerca y podía sentir su cálido aliento en mis labios, su proximidad rodeándome, haciéndome difícil pensar con claridad.

En ese instante, la tentación de inclinarse y besarlo fue abrumadora. Pero no podía permitirme hacer eso. No ahora, no cuando eso confirmaría todo lo que pensaba. No podía darle esa satisfacción. Entonces, puse mi mano sobre su pecho, sintiendo la fuerza de sus músculos bajo mis dedos, y suavemente lo empujé hacia atrás.

Se apartó un poco, sonriendo triunfalmente como si ya me hubiera descubierto. Quería despertar el deseo, poner a prueba mis límites, y lo había hecho bien. Ambos volvimos a trabajar en silencio, pero mi mente seguía corriendo. Me encontré preguntándome si todavía sabía quién era yo, si recordaba algo sobre mí de antes. La forma en que me miró sugirió que no tenía idea, y eso me dio mi oportunidad.

"¿Sabes realmente quién soy?" Pregunté casualmente, tratando de ocultar la curiosidad en mi voz. Me miró con una mirada de confusión en sus ojos. "Hmm, sí, eres Sierra", dijo, aunque su tono no era del todo seguro.

Levanté una ceja y presioné más. "Sí, pero te conozco desde hace un tiempo. Nos conocimos antes de que vinieras a esta escuela". Frunció el ceño, claramente tratando de recordar algo sobre nuestro encuentro pasado, pero nada pareció hacer clic. Estaba luchando, así que decidí darle una pista. "¿De qué colores son tus scooters?" Dije con una sonrisa juguetona, sabiendo que eso refrescaría su memoria.

Por un momento pareció completamente perdido. Pero entonces, un destello de reconocimiento cruzó por su rostro, seguido de una expresión de comprensión. "¡Oh, mierda! ¡Por eso me parecías tan familiar! ¡Sabía que te conocía!

No pude evitarlo: dejé escapar una pequeña risa, casi silenciosa. Le había tomado bastante tiempo. "Te tomó bastante tiempo", bromeé, riéndome de nuevo.

Él se rió y sacudió la cabeza. "Sí, sí, siéntete libre de burlarte de mí", dijo, todavía sonriendo. "Pero bueno, me salvaste el trasero en ese entonces. Pensé que ibas a denunciar, pero no lo hiciste. Podrías haberme hecho quedar mal, pero no lo hiciste".

Le hice un puchero burlón, aunque todavía me reía. "Oh, qué dulce. ¿Lo aprecias? No te dejes llevar. Todavía tengo algunas conexiones".

Ante eso, me desplomé en el suelo, me dolía el estómago de tanto reírme. Louis también se había deslizado del sofá, ahora sentado en el suelo junto a mí, temblando de risa. "Oh, ¿puedo tomar eso como una pista de que crees que soy lindo?" preguntó, su voz mezclada con diversión.

Sonreí, todavía tratando de recuperar el aliento. "Nunca dije eso", respondí, pero la sonrisa en mi rostro me traicionó.

Louis se acercó más, su sonrisa nunca se desvaneció. "Puedo vivir con eso. Pero eres ridículamente dulce y lo sabía en ese entonces. Simplemente no podía decirlo delante de la policía", dijo, bajando la voz a un susurro bajo y burlón.

Antes de darme cuenta, su rostro estaba a centímetros del mío otra vez, y sentí que el calor entre nosotros aumentaba. Sus labios se cernieron justo sobre los míos y, por primera vez, no lo aparté. No pude. Cada parte de mí gritó para acortar la distancia, para sentir sus labios sobre los míos. Pero estaba congelada, atrapada entre el calor del momento y el miedo de lo que significaría. Bajó sus labios hacia los míos y no tuve más remedio que dejarlo.

Luis:

Besé a la chica en la que había estado pensando durante tanto tiempo. Nunca había podido olvidarla. Desde el momento en que nos cruzamos por primera vez, ella pareció quedar incrustada en mi mente. Sentí como si su imagen hubiera quedado grabada en mi cerebro y no hubiera forma de escapar de ella. Empecé todos los días pensando en ella. No podía deshacerme de eso, no importaba cuánto intentara alejar esos sentimientos. Pero tuve que reprimirlos y durante mucho tiempo los enterré en lo más profundo de mi ser. Ahora, aquí estaba ella, justo frente a mí otra vez. ¿Cuántas veces me había imaginado cómo sería besarla? El pensamiento había permanecido en mi mente sin cesar, alimentando fantasías y deseos. Pero incluso ahora sabía que no podía permitirme sentir demasiado. Si me permitiera enamorarme completamente de ella, sentir todo con cada fibra de mi ser, estaría caminando directamente hacia el caos. Lo último que quería era exponerme a complicaciones aún mayores. ¿Valió la pena? No estaba seguro. Pero, en este momento, no podía soportar compartirlo con nadie más. Era mío.

Al principio, el beso fue vacilante. No estaba seguro de cómo reaccionaría: cuánto cedería, cuánto se alejaría. Pero cuando sentí que ella respondía, que su cuerpo se relajaba contra el mío, me volví más audaz. Mis labios se movieron con más urgencia contra los de ella, y sus manos (una en mi espalda y la otra en mi cabello) me animaron a profundizar más. Podía sentir la intensidad aumentando entre nosotros y, por un breve momento, me pregunté si podría llevarlo más lejos allí mismo, en la biblioteca. Pero rápidamente lo controlé. No había manera de que pudiera perder el control de esa manera. Aquí no. Ahora no.

Me retiré lentamente, rompiendo el beso de mala gana. Mi cuerpo estaba en llamas, mi corazón latía con fuerza en mi pecho, pero necesitaba estabilizarme. Me puse de pie, tratando de ocultar el rápido ascenso y descenso de mi respiración. Abrí los ojos y encontré los de ella ya fijos en los míos, un destello de calidez y algo más profundo en su mirada. Era un sentimiento que nunca antes había experimentado y que hizo que mis entrañas se retorcieran. Lo último que quería era sentirme así. Me asustó más de lo que quería admitir. No podía enamorarme de ella. Me negué a hacerlo.

Sacudí la cabeza, tratando de alejar las emociones abrumadoras que inundaban mi mente. Tuve que recordarme a mí mismo que ella no era más que una apuesta. Sólo un desafío, nada más. Eso era todo lo que ella era. Y, sin embargo, cuando la miré de nuevo, no pude negar el dolor en mi pecho. Ella era mucho más de lo que me había permitido darme cuenta.

"Está bien, creo que deberíamos dar por terminada la presentación", dijo Sierra, sonriéndome. Asentí rígidamente, tratando de mantener mis emociones bajo control. Ella es solo una apuesta. Sólo una apuesta, me recordé. Pero mi voz me traicionó cuando agregué: "Lo que acaba de pasar aquí no significa nada. Nada en absoluto". No estaba seguro de a quién estaba tratando de convencer; las palabras me parecieron huecas, incluso mientras las decía. Pude ver su decepción pasar por su rostro por el rabillo del ojo, y me dolió más de lo que esperaba.

"Por supuesto, no esperaba nada más", respondió ella, su voz adquiriendo un tono más agudo. "Pero dudo que ese haya sido mi mejor beso".

No pude evitar sonreír. Parecía que ya había vuelto a ser la misma de siempre, con su confianza intacta. "Bueno, mia bella, creo que todavía estás un poco aturdida por esto, pero no te preocupes, todavía tengo más que ofrecer". No pude resistirme a añadir el toque burlón. "Está bien, ciao bella, entonces me voy. Ah, y no olvides cerrar con llave", le dije, mostrándole una sonrisa mientras caminaba hacia la puerta.

En el momento en que salí, sentí que se me quitaba el peso de los hombros. Por primera vez en mucho tiempo, sonreí. Una sonrisa genuina. No fue sólo porque había sacado lo mejor de ella en ese momento. No, fue más que eso. Por primera vez en mucho tiempo sentí algo puro y real. Algo que no podría ignorar, incluso si lo intentara.

Sierra:

Tan pronto como Louis salió por la puerta, me desplomé en el suelo una vez más. Oh Dios, ¿qué acababa de hacer? El sueño que había estado repasando en mi mente durante lo que me pareció una eternidad había cobrado vida, y no de la manera que esperaba. Había besado a Louis, la única persona en la que no había podido dejar de pensar durante tanto tiempo. El beso había sido todo y nada a la vez. Era todo lo que había imaginado y, sin embargo, mucho más intenso, mucho más real de lo que jamás me había atrevido a esperar. La emoción, la electricidad entre nosotros... Era casi demasiado.

Y, sin embargo, mientras sus palabras permanecían en mis oídos, una pequeña parte de mí volvió a la realidad. "No significa nada", había dicho, y por alguna razón, eso fue lo único que me devolvió a la tierra. Fue una revisión de la realidad, pero muy necesaria. Tenía razón. Nunca antes había tenido un beso así. Pero no estaba dispuesto a admitirle eso. No quería que supiera lo completamente fuera de control que me había sentido en ese momento. La forma en que me había besado, la forma en que me había hecho sentir como si pudiera fundirme con él, era todo lo que había soñado y más.

¿El problema? Me aterrorizó. El hecho de que hubiera sido tan descuidada, tan dispuesta a entregarme a él sin pensar, hizo que un escalofrío recorriera mi espalda. Se había alejado, claramente un poco sin aliento. Odiaba lo mucho que lo había dejado entrar. Y, sin embargo, no podía deshacerme de ese sentimiento. Mi corazón todavía estaba acelerado y no podía decidir si quería atraerlo de nuevo o alejarlo. Pero no, tenía que odiarlo. Tuve que recordarme a mí misma que enamorarme de él sería lo más tonto que podría hacer. Fue sólo un beso, una apuesta. Nada más. Y necesitaba tener eso en cuenta.

Al día siguiente me desperté con una extraña sensación de calma, una sensación de claridad que no esperaba. Salí de casa sintiéndome mejor, tratando de deshacerme del calor persistente de la noche anterior. Cuando salí, mi primo me estaba esperando con su scooter, como siempre. Tenía esta manera de sacarme de mi cabeza cuando más lo necesitaba. El clima era perfecto y el sol comenzaba a asomarse detrás de las nubes. Me subí a la parte trasera de su scooter y nos dirigimos hacia la escuela, con el viento en el pelo.

Cuando llegamos al estacionamiento, pude ver a Leyla caminando hacia mí, con su cabello negro y rizado ondeando con la brisa. Parecía una modelo o una estrella de cine, con el rostro brillando bajo el sol de la mañana. Pero la sonrisa que normalmente aparecía en sus labios no aparecía por ningún lado. En cambio, tenía una expresión fría, como si algo la hubiera estado molestando. Ya podía decir que se estaba preparando para algún tipo de colapso por los eventos de ayer.

Ella me saludó con una cálida sonrisa, pero sus ojos traicionaron algo más profundo. "Sabes, pareces una estrella de cine cuando te quitas el casco", bromeó, con un tono suave pero complaciente. "¿Te vestiste muy bien hoy? ¿Qué pasó ayer? ¿Me estás ocultando secretos?"

No pude evitar sonreír. Claro, me había disfrazado un poco, pero no estaba dispuesto a contar la verdad sobre el beso entre Louis y yo. Eso era algo que debía mantener bajo llave. "Sólo quería lucir bien", respondí, restándole importancia casualmente. Leyla levantó una ceja, claramente poco convencida, pero la dejó pasar.

Mientras tanto, mi primo seguía detrás de mí y Leyla ya le estaba dando un abrazo, uno de esos abrazos juguetones y amistosos que parecían durar una eternidad. Ella tenía este efecto en la gente. Mi primo Lucas y sus amigos se apiñaron a su alrededor, tratando de llamar su atención, y ella gentilmente se la dio. Los vi interactuar, un poco de diversión tirando de las comisuras de mi boca. Ahora Lucas era el rey de la escuela, con Leyla a su lado, y todos lo envidiaban. Fue extraño verlo, pero no podía negar que estaba un poco orgulloso de él.

De repente, el rugido de dos motocicletas cortó el aire y mi estómago se revolvió. Sabía exactamente quién era. Los "chicos malos" de la clase estaban llegando. Louis y Ryan. Ya podía oír las motos acelerando, cada una más fuerte que la otra. Mientras avanzaban hacia los lugares de estacionamiento y sus motores se apagaban, todos parecieron contener la respiración. Por supuesto, las chicas se reunieron alrededor instantáneamente, con los ojos pegados a los chicos mientras se quitaban los cascos, cada movimiento exagerado como si fueran parte de una gran actuación.

Leyla y yo intercambiamos una mirada, más por un leve disgusto que por cualquier otra cosa. No estaba interesado en el espectáculo, pero podía sentir el peso de las miradas de todos sobre nosotros. Incluso después de todo lo que pasó con Louis, todavía estaba tratando de mantener cierta distancia, todavía tratando de mantener un poco de control sobre mí mismo. No iba a dejarles ver que estaba afectado.

Ryan y Louis se acercaron a nosotros, flanqueados por sus amigos, como siempre. Estábamos parados en medio de los chicos de "élite", aquellos a quienes todos parecían adorar. Cuando los ojos de Louis se encontraron con los míos, sentí esa chispa familiar, esa conexión eléctrica que no podía deshacerme. Pero luché contra ello. Me sonrió y no pude evitar devolverle la sonrisa, aunque sabía que no era una buena idea.

Leyla, sin embargo, no le devolvió la sonrisa a Ryan. De hecho, ella apenas lo reconoció, su mirada pasó más allá de él como si fuera invisible. Era un contraste tan marcado con la dinámica habitual entre ellos, y no pude evitar admirarla por ello. La campana sonó en ese momento y fue como una señal de que nuestra pequeña actuación estaba por comenzar.

Con una sonrisa de complicidad, miré a Leyla y ella asintió en respuesta. Nos bajamos del scooter de mi prima y caminamos hacia la entrada, cada paso lleno de propósito. Sabíamos que todos los ojos estaban puestos en nosotros, tanto los niños como las niñas. Pero teníamos un plan y lo íbamos a ejecutar sin problemas. Íbamos a mostrarles lo que habían perdido.

A medida que nos acercábamos a la entrada, había algunos profesores en formación parados junto a las puertas, asegurándose de que nadie trajera cigarrillos encendidos. Pude ver la forma en que las chicas los miraban, con ojos llenos de anhelo. Las puertas nunca se nos abrieron, a menos que dejáramos una buena impresión. Entonces, Leyla y yo caminamos hacia la puerta, sacudiendo nuestras caderas un poco más de lo habitual. Leyla mostró una de sus sonrisas características, del tipo que podría derretir el corazón de cualquiera, y efectivamente, el aprendiz le abrió la puerta sin dudarlo. Hice lo mismo por mi lado y la puerta se abrió.

Entramos, sabiendo que habíamos dejado nuestra huella. No sólo habíamos cruzado la puerta: habíamos entrado con confianza, con poder. Sólo esperaba que hubiera tenido el impacto que pretendíamos.

Luis:

Nunca esperé eso. Sierra, en cierto modo, parecía estar haciendo alarde de su atractivo, como si me estuviera mostrando lo sexy que era y con qué facilidad podía tener a cualquiera. Bueno, ciertamente logró dejar eso claro. No pude evitar mirar a Ryan, que parecía como si estuviera mentalmente golpeándose la cabeza contra la pared todo el tiempo. Finalmente, encontró mi mirada, su rostro se contrajo por la ira mientras murmuraba: "¿Qué tan estúpido puedes ser? Siento como si estuviera a punto de romper algo, preferiblemente mi cabeza". Sonreí, encontrando el momento algo divertido. "Oye, no hagas eso, es posible que realmente lo necesites. Incluso si lo que hiciste con Leyla fue bastante tonto", bromeé, tocándolo.

Estaba visiblemente molesto. "Sí, sí, sé que te encanta restregármelo en la cara, pero ya es suficiente. Tal vez debería olvidarme de ella, salir y divertirme, y simplemente acostarme con alguna chica al azar".

"¿Estás seguro de que es una buena idea?" Pregunté, inseguro de su lógica. "No lo sé, hombre."

"O estás conmigo o no, pero definitivamente voy", dijo, con tono decidido.

Bueno, no podría discutir esa lógica. Estaba claro que si las cosas no salían como quería, simplemente atacaría de nuevo. Pensé que una distracción ayudaría, así que me encogí de hombros. "Está bien, iré. Un tiempo lejos de Sierra y de la escuela parece exactamente lo que necesito".

Con eso, nos dirigimos a la clase de historia. Tan pronto como entramos, el Sr. Mittermaier, que ya estaba de mal humor, le gritó a la primera persona que vio: una chica sentada cerca del frente. Realmente no me importaba quién fuera; mi mente estaba en otra parte.

Cuando Ryan y yo tomamos asiento, noté que Leyla y Sierra ya estaban sentadas en sus lugares. Sierra estaba sentada allí, tan hermosa como siempre, pero no fue sólo su apariencia física lo que llamó mi atención. Su cabello rubio, naturalmente rubio, no falso y demasiado decolorado, brillaba bajo la luz del sol que entraba por la ventana. De repente, ella se dio vuelta y nuestras miradas se cruzaron. Sus ojos azul pálido eran fascinantes, como si pudiera perderme en ellos para siempre. Sus labios se curvaron en una sonrisa juguetona y sentí que podía besarla de nuevo, repetidamente. Pero tan pronto como ella me levantó una ceja, volví a la realidad. No, no podía permitir que esto sucediera. Enamorarse de ella sólo traería más complicaciones. No podía dejar que los sentimientos me debilitaran, especialmente ahora.

El resto del día escolar fue borroso. No podía concentrarme en nada. Sabía que necesitaba recuperarme y volver a concentrarme en las cosas importantes: mi familia y la apuesta. Sierra fue sólo una distracción, una apuesta, nada más. No podía dejar que ella me arrastrara hacia más emociones. Los sentimientos te hacían suave, vulnerable y eso es lo último que podía permitirme en este momento.

Cuando sonó el último timbre, agarré mis cosas y corrí hacia mi auto. No tenía mucho que ver, sólo un viejo chatarra, pero funcionó. Lo primero que hice fue ir al colegio de mi hermana pequeña a recogerla. Cuando entré al estacionamiento de la escuela, la vi parada en la puerta, rodeada de sus amigos, riéndose. Estaba feliz y eso era lo único que importaba.

Ella me vio de inmediato y su rostro se iluminó. Se despidió de sus amigos y corrió hacia mí. La tomé en mis brazos, dándole vueltas dos veces antes de dejarla suavemente en el suelo. Ella estaba sonriendo de oreja a oreja. "¡Hola Louis! ¿Sabes qué? ¡Recuperé un trabajo!" dijo con entusiasmo.

Me reí entre dientes, "¿En serio? ¿Finalmente conseguiste ese 'seis'?"

Ella se rió, "No, no del todo. Más bien como un seis por detrás... Entonces, ¡un uno!" gritó de alegría.

Yo también me reí y pregunté: "¿Y de qué tema fue ese?"

"Mi profesor de matemáticas dice que soy demasiado inteligente para este nivel", dijo, sonriendo de oreja a oreja.

No pude evitar devolverle la sonrisa. Kiara era todo lo que deseaba ser: fuerte, inteligente y llena de alegría. Se parecía a mí, excepto que tenía los ojos marrones.

Siempre supe que ella era capaz de saltarse un grado, pero no quería eso para ella. Tuvo que permanecer en esta clase y disfrutar de su infancia, a pesar de los desafíos en casa.

Después de agarrar sus cosas, nos dirigimos al pabellón de deportes para recoger a mi hermano pequeño, Nico, de su partido de fútbol. Sólo pudimos ver los dos últimos minutos, pero eso no importó. A Kiara no le gustaba el fútbol, pero a mí me gustaba ver a Nico. Estaba jugando su primer partido real y no me lo podía perder. Cuando entramos al gimnasio, noté que algunos de los otros padres, particularmente algunas madres jóvenes, me miraban largamente. No les presté atención. Estuve aquí por mi hermano.

Nico me vio desde el otro lado del campo. Tan pronto como me vio, su rostro se iluminó con una amplia sonrisa. Le arrebató el balón a un jugador contrario y cargó hacia la portería. Era rápido, concentrado y decidido. Justo antes de llegar a portería disparó el balón con todas sus fuerzas. Pasó por delante del portero y entró en la red. Su equipo vitoreó y Nico corrió hacia mí gritando: "¿Viste eso? ¿Viste cómo la pelota entró en la red? ¡Era imparable!".

Sonreí, pero mi mente no estaba completamente ahí. La alegría de mi hermano pequeño, su entusiasmo: todo me recordó cuando las cosas eran más simples, antes de que mamá falleciera. Desde su muerte, había sido una lucha constante mantener esa calidez en nuestro hogar. Pero ver a Nico tan lleno de vida, tan despreocupado, me hizo sentir algo que no sentía desde hacía mucho tiempo.

Antes de que pudiera decir algo más, Nico me dio un ligero puñetazo en el estómago y me agarró del brazo, arrastrándome hacia un niño pequeño de cabello negro y ojos azules. "¡Louis, este es mi nuevo amigo Jack! Está en mi clase y es increíble en el fútbol, ¡como yo!" Nico estaba prácticamente lleno de orgullo cuando me presentó a Jack.

Miré a Jack, quien me sonrió. "Hola Louis, marqué un gol, pero no estabas ahí para verlo", dijo.

Me reí entre dientes: "Ojalá pudiera haberlo visto. Parece que eres natural".

Justo cuando estaba a punto de decir más, escuché una voz familiar.

En ese momento, sentí que se me daba un vuelco el estómago y supe exactamente quién era.

EL FIN

www.ingramcontent.com/pod-product-compliance
Lightning Source LLC
Chambersburg PA
CBHW072123150726
47999CB00005B/2099